DES
LETTRES DE CACHET

PAR

PAUL FABRE

BÉZIERS

IMPRIMERIE J.-B. PERDRAUT

17, Avenue Saint-Pierre, 17

—

MDCCCLXXVIII

Tiré à 100 exemplaires
J.-B. Perdraut

DES
LETTRES DE CACHET

PAR

PAUL FABRE

BÉZIERS

IMPRIMERIE J.-B. PERDRAUT

17, Avenue Saint-Pierre, 17

—

MDCCCLXXVIII

DES
LETTRES DE CACHET

I

FLEURY ET MALESHERBES

—

L'on appelait *Lettres de Cachet*, sous l'ancien régime, celles fermées du cachet des rois de France, et qui contenaient un ordre de leur part ; ce genre de lettres, dont on fit un si odieux usage pendant le XVIIIe siècle, était tout bonnement un ordre d'incarcération dans une prison d'Etat ou dans un couvent.

Le cardinal de Fleury, premier ministre sous Louis XV, qui ne fut cependant ni persécuteur ni trop intolérant pour un prêtre, en fit un abus si déplorable que, dans son court passage aux affaires, de 1733 à 1743, il soumit à la signature du roi soixante-dix-mille lettres de cachet.

L'on en était arrivé au point, quelque temps avant la révolution de 1789, que tout officier ou fonctionnaire pouvait faire incarcérer sans jugement une personne contre laquelle il avait quelques griefs.

Aucune garantie n'existait contre de pareils ordres, il était bien rare qu'un intendant de province ou un sub-délégué prissent en main la défense des opprimés; cependant, si celui qui était l'objet d'une pareille mesure jouissait d'une certaine considération auprès de ses concitoyens, et si le motif de son incarcération n'était pas trop plausible, il arrivait quelquefois que les sub-délégués chargés de l'exécution des ordres du roi faisaient part de ces raisons à l'intendant qui, à son tour, en référait au ministre.

Dès le commencement du règne de Louis XVI, le ministre de la maison du roi, Lamoignon de Malesherbes, tenta de supprimer les lettres de cachet; mais, ne pouvant obtenir cette concession du roi, il fit son possible pour en atténuer l'arbitraire. Aidé de Turgot, contrôleur général des finances, ils proposèrent plusieurs mesures relatives à la liberté individuelle et à la libre défense des citoyens; mais le jeune roi, obsédé par les clameurs des courtisans, hostiles à tout changement libéral, ne voulant accorder aucune réforme, Malesherbes et Turgot abandonnèrent le pouvoir.

Pendant l'administration de ces deux ministres, des instructions très-détaillées prescrivirent aux gouverneurs des provinces la plus grande circonspection au sujet des malheureux incarcérés à la demande de leurs parents ou des personnes intéressées à leur détention.

II

LE COUVENT DU BON-PASTEUR

Nous extrayons d'un mémoire concernant le couvent du Bon-Pasteur de Montpellier, les détails suivants, adressés à M. de St-Priest, intendant du Languedoc :

« La nommée Anne B...., femme d'Antoine P...., employé dans les fermes du roi, était détenue dans le couvent du Bon-Pasteur depuis plus de 4 ans à l'époque du 23 mai 1775, sur la demande de son père et de son mari, qui payaient ou pour lesquels on payait la pension.

» La supérieure de ladite maison, ayant fait les démarches dans l'objet de procurer la liberté à cette femme, reçut ledit jour du 23 mars un billet de main portant injonction de recevoir et garder ladite Anne B...., conformément à une ordonnance du bureau de police du même jour, et on ne l'a point laissée sortir.

» Depuis cet ordre on a cessé de payer la pension de ladite Anne B...., etc. »

Au reçu de ce mémoire, M. de St-Priest se fit rendre un compte exact des femmes ou filles détenues en cette maison sans un ordre régulier émanant d'un jugement ou d'une ordonnance militaire.

Relativement aux premières, l'arrêt fixait les limites de leur détention, et quant aux secondes, la supérieure du Bon-Pasteur les rendait à la liberté lorsqu'elle les jugeait repentantes et corrigées.

Quoique plus d'un siècle se soit écoulé depuis cette époque, nous tairons les noms des femmes ou filles qui figurent sur la longue liste des détenues de cette maison religieuse et correctionnelle.

Les principaux motifs de la réclusion étaient ainsi libellés à la colonne de la cause de la détention :

Anne B...., renfermée depuis près de 5 ans à la sollicitation de son mari et de son père.

Femme B...., épouse d'un cavalier de la maréchaussée, entrée le 5 mars 1767, depuis 8 ans, par voie de correction, à la sollicitation du prévôt de la maréchaussée, jusqu'à nouvel ordre.

Jeanne M...., depuis le 13 mai 1773, à la sollicitation de sa mère, Thérèse B...., veuve M...., jusqu'à nouvel ordre.

A...., depuis le 1er décembre 1773, sur la demande de son père, jusqu'à nouvel ordre.

Il en est ainsi sur l'état pour la plus grande partie des détenues dans ce couvent.

Le ministre de la maison du roi, en recevant le dossier de cette affaire, dans lequel se trouvaient le mémoire et l'état des prisonnières, adresse le 22 septembre 1776 la lettre suivante à la supérieure du Bon-Pasteur :

« Etant informé, Madame, des abus qui
» se commettent dans l'emprisonnement
» et la détention des femmes et des filles
» de mauvaise vie, je crois devoir vous
» rappeler les règles auxquelles vous de-
» vez vous conformer.

» Vous aurez pour agréable de remettre
» tous les trois mois à M. le receveur gé-
» néral l'état des personnes enfermées
» dans votre maison en vertu de senten-
» ces ou ordonnances de justice, afin que
» ce magistrat puisse connaître la jus-
» tice des motifs de leur détention.

» Vous devrez aussi remettre à M. l'in-
» tendant un état de toutes les personnes
» qui y sont enfermées par ordre du roi
» ou autrement. Il est encore nécessaire
» que vous ne receviez aucun pension-
» naire de force, si ce n'est par ordre du
» roi ou par ordonnance de justice.

» Signé : L. DE MALESHERBES. »

Les lettres de cachet étaient délivrées, à la sollicitation des hauts personnages de l'époque, par le ministre de la maison du roi.

Nous ferons connaître le mode et la forme de ces lettres et les correspondances nécessitées pour leur exécution.

III

LE SOUS-DIACRE IMBERT

En 1751, le sieur Imbert, sous-diacre et chanoine sacristain de l'église collégiale dePézenas, fit paraître une satire intitulée le *Repas des Grandeurs*, dans laquelle il racontait les phases d'un certain dîner qui avait eu lieu au collége de l'Oratoire de cette ville, afin de célébrer le triomphe des Constituants sur les Jansénistes.

Il est bon de rappeler en passant qu'à Pézenas comme dans toute la France, les questions agitées par les partisans de ces deux sectes avaient divisé le clergé de la ville, très nombreux à cette époque.

Le vénérable abbé Pierre-Etienne de la Serre de Fondousse, docteur en théologie, représentait les idées de Port royal, qui étaient partagées par le chapitre collégial de Pézenas dont il était le doyen, tandis que les pères de l'Oratoire, directeurs du collége de cette ville, professaient les doctrines anti-jansénistes.

Imbert, comme tous les dissidents de la ville, s'était soumis à la bulle papale et avait été invité par le père Christophe au dîner en question.

Les chanoines, qui s'attendaient à trouver un repas plus que confortable, furent désappointés d'être si mal traités et se moquèrent un peu du repas du directeur, qu'ils baptisèrent du nom ironique : *Le Repas des Grandeurs.*

Ne pouvant faire enfermer tout le chapitre collégial, l'évêque d'Agde, au reçu de cette satire, qui lui avait été envoyée, disait-on, par le directeur Christophe et par le frère d'Imbert, prit en main cette affaire.

De Cardenet de Charleval, alors évêque du diocèse, demanda et obtint une lettre de cachet contre le sous-diacre Imbert, auteur de la satire.

Nous donnons copie du dossier qui existe aux archives départementales et de la lettre de cachet, afin de faire connaître les formalités voulues en pareille circonstance et le peu de cas qu'on faisait à cette époque de la liberté individuelle.

« De par le roi

» Il est ordonné *au sieur Lazert, com-*
» *mandant le détachement de la maré-*
» *chaussée de Loupian et à deux cava-*
» *liers* (1) de s'assurer de la personne du
» sieur Imbert, sous-diacre et chanoine-

_____

(1) Ces mots sont écrits par M. Boudoul, subdélégué à Pézenas.

» sacristain de l'église collégiale de la
» ville de Pézenas, et de le conduire sous
» bonne et sûre garde au fort de Brescou.
 » De ce faire, S. M. donne pouvoir et
» commission *au dit sieur Lazert*, de par
» le présent ordre.
 » Fait à Versailles, le 8 mai 1751

      » Signé LOUIS

 » Par le roi, PHÉLIPPEAUX »

 Le ministre adressait cet ordre à l'intendant de la province par une lettre ainsi
conçue :
    « A Versailles, le 8 mai 1751
 » Le roy ayant jugé à propos, monsieur,
» de reléguer dans son fort de Brescou le
» sieur Imbert, sous-diacre, etc., je vous
» envoie les ordres que S. M. m'a chargé
» d'expédier en conséquence, pour que
» vous ayez agréable de les faire mettre
» à exécution.
 » On ne peut vous honorer, monsieur,
» plus parfaitement que je le fais.
     » Signé St-FLORENTIN »
 L'intendant du Languedoc écrit en mar-
ge : « envoyé les ordres du roi à M. Boudoul. »
 Celui-ci répondit par la lettre suivante :
    » A Pézenas, le 22 mai 1751
  » Monseigneur l'intendant,
 » J'ai reçu hier l'ordre du roy pour
» faire conduire le sieur Imbert, cha-

» noine et sacristain de l'église de Péze-
» nas, à Brescou, où il a été mené aujour-
» d'hui par le sieur Lazert, brigadier de la
» maréchaussée, à qui j'ai confié l'ordre
» et remis en même temps la lettre du roy,
» écrite à M. de Monteyon, gouverneur, ou
» en son absence à celui qui commande
» le fort, pour y recevoir le prisonnier. Je
» ne sais pas précisément la cause de la
» détention de ce chanoine, mais je ne
» crois pas me tromper en l'attribuant
» avec tout le monde à M. l'évêque d'Agde.
» On croit que les vers qu'il a faits et dont
» je joins une copie pour juger qu'ils sont
» proportionnés à la peine, en sont les
» motifs ou au moins le prétexte. »

« Ce qui arrive souvent de triste dans
» ces sortes de punitions, c'est qu'il sem-
» ble qu'on n'observe pas assez si les cou-
» pables peuvent les supporter.

» La lettre écrite à M. le commandant
» de Brescou porte que le prisonnier sera
» nourri par les fruits de son bénéfice;
» ceux de sa capture et de sa conduite
» seront sans doute pris sur ces mêmes
» fruits; mais le revenu du bénéfice
» n'excède pas 600 livres et sert d'entre-
» tien et de nourriture à un père qui a été
» capitaine pendant 45 ans et a une fa-
» mille entière qui manque actuellement
» de pain.

» Je suis, etc.,   Signé : BOUDOUL. »

« Inclus le reçu de l'écrou à Brescou. »

« Nous, chevalier de l'ordre militaire
» de Saint-Louis, major et commandant
» pour le roi au fort de Brescou, ville
» et port d'Agde, certifie comme aujour-
» d'hui le sieur Lazert, brigadier de la
» maréchaussée du département de Lou-
» pian, avec deux cavaliers de maré-
» chaussée et quatre grenadiers du régi-
» ment de Bry, infanterie, nous ont
» conduit le sieur Imbert, chanoine,
» etc..., par ordre du roi en date du
» 8 mai.

» Au moyen du présent, le sieur La-
» zert demeurera valablement déchargé.

» A Brescou, ce 22 mai 1751.

» *Signé :* Le chevalier de LATUDE. »

Voilà toute la procédure suivie pour
faire incarcérer un homme, que dis-je, un
ecclésiastique prébendier d'une collégiale, et cela pour quelques rôts et ragoûts
dont il avait fait la critique dans une satire que nous publions plus loin.

Priver de la liberté pour de pareilles
futilités, c'était le sublime de la tyrannie.

Les conséquences de ces arrestations
arbitraires n'étaient point pesées par des
hommes que rien n'arrêtait pour assouvir
leurs vengeances ; la lettre du père du
jeune chanoine, que nous donnons en en-
tier, est la meilleure condamnation de l'o-
dieux système des lettres de cachet:

« Monsieur l'intendant,

» Mes infirmités, mes blessures, me pri-
» vent d'aller à Montpellier pour vous y
» rendre mes respects et vous prier très-
» humblement de me dire, si vous daignez
» répondre à ma lettre, le sujet pour le-
» quel mon fils, chanoine et sacristain de
» l'église collégiale de Pézenas, a été ar-
» rêtée par l'ordre du roy et conduit tout
» de suite à Brescou. Je me suis donné du
» mouvement pour découvrir son crime,
» mais inutilement. Tout ce que j'ai appris
» de positif, le voici : Monseigneur on ac-
» cuse ce cher enfant d'avoir fait des vers
» au sujet d'un repas que le Père supé-
» rieur donna à l'oratoire. Ses ennemis
» répondirent par des vers infâmes qui
» furent envoyés à mon fils aîné ; celui-ci
» peu satisfait de m'avoir totalement rui-
» né pour l'entretenir au service du roi
» pendant 22 ans a voulu achever l'œuvre
» en me privant du secours que son frère
» me donnait pour la subsistance de ma
» nombreuse famille. Il envoya les vers à
» M. de Florentin qui, sur je ne sais quel-
» les instructions de Monseigneur d'Agde,
» a expédié la lettre. Ce qu'il y a de sûr,
» monsieur, c'est que tous les honnêtes
» gens de Pézenas et des environs lui ren-
» dent justice ; car, après tout, quel fond
» peut-on faire sur un libelle diffamatoire
» quela seule démangeaison de versifier
» et la seule envie ont dicté contre lui ; les

» preuves de son innocence sont bien fai-
» tes et établies.

» La protection, monseigneur, que vous
» avez si généreusement accordée à mon
» neveu, à la prière de M. de Brancas, me
» flatte infiniment pour la grâce que je
» vous demande. Il aurait l'honneur de
» vous la demander lui-même s'il se trou-
» vait à sa campagne à dix lieues de Péze-
» nas ; je vais lui écrire par le courrier.

» Je crois être obligé, monseigneur, de
» vous faire savoir que mon fils a gagné
» une année de sa grosse, et comme la
» coutume du chapitre est que cette
» somme reste à la manse, et qu'il en a
» besoin pour sa subsistance, je vous prie
» de m'accorder un ordre pour le trésorier
» du chapitre, qui ne veut pas payer sans
» un ordre supérieur. M. de Latude a fait
» baner (saisir) les revennus de la pré-
» bende de mon fils, quoiqu'il eût expédié
» des mandats à des marchands qui, pour
» me faire plaisir, m'avancèrent cette
» somme dans le plus pressant de mes
» besoins.

» Ayez égard, monseigneur, aux prières
» d'un vieux militaire de 45 années de
» commission de capitaine et qui n'a pas
» besoin de faux frais. M. Boudoul veut
» qu'on donne deux pistoles aux grena-
» diers sans à ce comprendre la maréchaus-
» sée. Je ne sais pas si elles ont été payées,
» ayez la bonté, monsieur, d'en modérer

» la taxe et de me permettre de vous as-
» surer que je suis avec un profond res-
» pect votre très-humble et très-obéissant
» serviteur.

    » Signé IMBERT, capitaine d'infanterie
           » au régiment de la reine
» A Pézenas, le 10 juin 1751. »

Les ennemis personnels du chanoine Imbert furent plus puissants que son père, capitaine au service du roi où il était resté pendant 45 ans. Les états de détention du fort Brescou portent le nom d'Imbert pendant l'année 1751.

De nouvelles démarches tentées pour faire élargir le prisonnier n'avaient pu aboutir, et ce qu'il y a de plus déplorable dans cette affaire, c'est que le frère aîné écrivait à l'intendant le 14 octobre 1751, au sujet de cet abbé ; il se plaignait d'avoir été troublé dans son ménage par son frère ; cette lettre est si violente et renferme des détails si peu fraternels que nous n'avons pas jugé à propos de la reproduire.

Il avoue s'être plaint à M. de St-Florentin, s'en rapporte au rapport de M. Boudoul, subdélégué à Pézenas, au sujet de cette affaire, et ne fait aucune allusion à la situation de son père.

LE REPAS DES GRANDEURS

SATIRE

Que je me taise après avoir soupé si mal?
Dussé-je être cité devant l'official,
Dussé-je dans le deuil et dans l'ignominie
Chez les Sulpiciens croupir toute ma vie,
Dût-on, pour mes péchés, banni dans l'archipel
Me faire nuit et jour lire l'*anti-quesnel*;
Dût *Christophe* en un mot, m'immoler à sa haine,
Je m'en moque, je cède au penchant qui m'entraîne.
Allons, ma muse, allons, reprends ton air badin
Et fais-nous le détail du grotesque festin :
Au bas de la maison, jadis de l'oratoire
Une salle en caré forme le réfectoire,
Là, brillait autrefois sous la sage *union*.
Une table servie avec profusion ;
Et parmi les régents distraits de la lecture
Jamais un plat mesquin n'excita le murmure,
Jamais du vin pourri, ni la même liqueur
N'affadit l'estomac, ni n'affaiblit le cœur.
Ce n'est plus aujourd'hui cet engrais si fertile ;
La faim depuis un an y tient son domicile,
Le teint pâle, l'œil cave, un visage allongé,
Elle achève en un coin un os demi-rongé.
Chaque père en entrant à son aspect frissonne
Drès rit, Saint-Jullien pleure et Raissac gronde et tonne.
Plus tranquille et déjà tombant en pâmoison
Reboul s'enfuit, chancelle et gagne sa maison.
C'est en ce triste lieu qu'aiguisant leurs gencives
Se rendent à grand pas deux fois quinze convives.
Chacun de *Christophe* est abordé poliment :
A l'un c'est un sourire, à l'autre un compliment,
Il tend ici les bras, incline un peu la tête ;
Lorsque jugeant enfin que la troupe est complète

Il tousse, il crache, il tient cet arrogant propos,
Dont une courte haleine entrecoupe les mots :
« La vérité, messieurs prévaut sur le mensonge,
» Dans son premier néant, le schisme se replonge,
» Tout cède à mes efforts, l'*appel* est confondu
» Le jansénisme plie et gémit abattu.
» Cette hydre souvent morte et toujours renaissante,
» Ne lève plus enfin sa tête menaçante,
» Mon triomphe est parfait ; je n'ai plus d'ennemis,
» Encore quelques jours, de Fondousse est soumis
» Que peut-on davantage ajouter à ma gloire ?
» Je vous ai fait chanter à plein chœur ma victoire,
» Que dis-je ! j'ai plus fait que le grand Annibal ;
» Devant Rome campé, ce brave général,
» Voulait, vous le savez, souper au Capitole ;
» Mais on vit échouer un projet si frivole ;
» Mieux que lui, dans le sien, *Christophe* a réussi,
» Puisqu'enfin vous voyez qu'il vous régale ici,
» Ici sur le débris de cette forteresse
» Des esprits et des cœurs superbe enchanteresse
» Où l'appel a tenu sa tyrannique cour,
» Mais ou la Bulle enfin va fleurir à son tour, —
» Qu'elle soit donc partout cette Bulle affichée,
» Qu'on la pende aux chapeaux, en signe de trophée,
» Je vous donne l'exemple, imitez-moi, messieurs
» Et qui n'obéit point, aille souper ailleurs. »
Il n'a pas achevé plutôt ce préambule
Que sur tous les chapeaux on arbore la bulle,
On heurte : « Ouvrez, ah ! ah ! Monsieur Maury, bonsoir,
» Déjà nous renoncions au plaisir de vous voir,
» Mais puisque vous voulez être de notre fête
» Vous aurez la bonté de vous buller la tête. »
» Maury dans cet endroit, muse, tu me surprends ! »
Cesse d'être surpris, c'est un homme à tous vents
Ami de deux partis et leur antagoniste,
Tantôt *constituant* et tantôt *janséniste*.
Aujourd'hui chez *Mairan*, demain chez *Emery*,
Mais plus souvent chez Pons, voilà quel est Maury.

On s'assied : au doyen, le supérieur fait signe
D'avancer et de prendre une place plus digne.
Passe à table : mon œil n'en est guerre offensé,
Mais avouez qu'au chœur Lasserre est déplacé.
Cependant un vieux frère, à qui pend la roupie,
Porte dans un grand plat une gigue pourrie,
On la distingue à peine au milieu des oignons
Qui nagent à côté de quelques champignons
C'était une brebis, morte à force de vivre,
Qu'on avait chez Platel vendue six liards la livre,
Mais qui changeant alors et de sexe et de nom,
Chez tous les conviés a passé pour mouton.
Vis-à-vis de ce plat une large terrine,
D'un bœuf appelé veau présente la poitrine
Dont un hachis de pain farcit la cavité
Et montre aux yeux surpris un nain emmailloté.
L'on eût vu tout à coup la gent constituante
Plus triste qu'un plaideur frustré de son attente,
Demeurer interdite et d'un air consterné,
Promener sur la table un regard étonné ;
Lorsque de main en main, la terrine enfin passe
Chacun fait à sa vue une sourde grimace ;
Toutefois on se sert, mais on ne mange pas.
« Comment, de ce ragoût faire si peu de cas
» Dit *Christophe*, messieurs, du ragoût de Baptiste
» Allons, doyens, allons, quittez donc cet air triste
» Ce morceau me paraît... » — « Père, bien obligé
» J'en ai, sur mon honneur, suffisamment mangé. » —
» Qu'on donne donc du vin ! Cette liqueur divine
» Dissipera bientôt l'humeur qui vous chagrine,
» J'en suis sûr ; » A ces mots, deux jeunes marmitons,
Sous de bonnets de nuit, risibles échansons
Présentent à l'envi des verres dont la crasse
Décrivait de leurs doigts la dégoûtante trace.
Merle boit le premier en brave franciscain,
Renfrogne en peu le nez et dit ; « l'excellent vin. »
Il voulait à son tour empoisonner le monde,
Son autorité vaut et l'on boit à la ronde.

Les fronts sont plus sereins, le cercle est amusant
Et le grand sérieux tombe pour le plaisant.
Christophe satisfait, saisit sur lui-même un verre
Le vide, plein du Dieu, le jette contre terre ;
Alors, riant sous cape avec un air dévot :
« C'est un bon pronostic, dit *Fleuret*, pour le rôt. »
Il paraît et déjà le supérieur se guinde
En voyant avancer gravement un coq d'Inde
Dont le vilain fumet sortant de chaque trou
Porte dans l'odorat une senteur de chou.
Mais surtout c'est pitié de le voir *esquelette* (sic)
Triste et funeste effet d'une longue disette.
On dit qu'en le donnant, le généreux Tencin
Avait pour l'engraisser aussi donné le grain,
Mais on ajoute aussi qu'en habile économe
Christophe du grain fit une honnête somme.
Bientôt il est flanqué de deux chapons brûlés
Et passez-moi le terme, encore testiculés,
Qui fort dévotement, croisant leurs noires pattes
Du séraphique Père imitent le stigmate.
« Par St-François, dit *Merle*, on se moque de nous
» Ou dans cette maison, les cuisiniers sont fous »
Avignon en voyant cet objet ridicule
Se souvient du sermon de la portioncule.
On découpe et l'on sert : chacun, avec dédain,
Sonde son contingent et cherche un endroit sain.
Collomb, cet étranger, venu du bord du Rhône
Et connu seulement par quelque mauvais prône,
Ce gabion de chair, ce chanoine à gros lard
A son canoniciat conduit par le hasard,
Repu gratuitement chez une Parisienne
Qui... je n'achève pas ; j'ai l'âme trop chrétienne,
Collomb, dis-je, est le seul dont l'assiette blanchit.
Ce goinfre avale tout d'un égal appétit,
Et mangerait encor, si ce rôt pitoyable
A l'aspect du dessert n'eût disparu de table.
De quelques raisins secs noblement escorté
Un fromage gluant avec pompe est porté.

« Mon frère, dit Maigret, qui s'attend à la crème
» Vous commencez bientôt à prêcher le carême?
» Mais voici du fin fin, ajoute ce bouffon,
» Des figues récemment extraites du buisson.
» Diable, j'en suis gourmand, mon père, sans reproche,
» Puis-je en faire passer quelqu'une dans ma poche?
» Du moins, de vos douceurs, mon gosier humecté
» En fredonnera mieux demain, la vérité. »
— « Peut-on mourir de faim, dit Lambin en furie?
» Et conserver l'esprit de la plaisanterie ?
» Pour moi, je n'y tiens plus, au diable le festin. »
Il dit et sort de table; « Où courez-vous, Lambin? »
« A Cassan, répond-il, dans notre monastère,
» Où je ferai sans doute une meilleure chère,
» Et veux qu'à l'avenir mes cheveux négligés,
» En boucles ne soient plus galamment étagés,
» Que mon chef soit couvert d'une grande calotte,
» Que ma soutane traine et cache ma culotte,
» Qu'un bas blanc bien tiré n'ait plus pour moi d'attraits,
» Qu'un léger escarpin ne me chausse jamais,
» Je veux enfin, banni de la cour de Cytère,
» Confessé dans Cassan, ignorer l'art de plaire,
» Vivre dans le devoir, ne plus gagner de cœurs
» Si jamais je me trouve au repas des Grandeurs.

IV

L'ABBÉ BLACHE

Le nombre des lettres de cachet délivrées contre les ecclésiastiques partisans
des jansénistes fut fort considérable. C'é-
tait la seule arme de leurs adversaires,
tout-puissants à la cour.

L'on se contentait de faire enfermer les
récalcitrants dans des maisons religieuses où, obsédés par les partisans des molinistes, ils rétractaient les écrits qu'ils
avaient publiés.

Cependant, si quelques natures, revè-
ches à cette domination occulte qui com-
mençait à gouverner l'Eglise, retombaient
dans leurs idées premières, et si ces
hommes surtout étaient investis de la
confiance des grands, ce n'était plus au
couvent où on les enfermait, mais bien
dans une prison d'Etat.

Lorsque les jésuites furent chassés de
France en 1762, le gouvernement fit poser
les scellés dans les trois maisons de cet
ordre à Paris ; il fit faire l'inventaire des
livres et papiers qui s'y trouvaient, mais
en petit nombre, les directeurs ayant em-
porté avec eux les papiers qu'ils croyaient
de nature à compromettre la Compagnie.

Parmi les papiers inventoriés, se trouvaient des lettres et des procès-verbaux concernant plusieurs personnes poursuivies par Louis XIV pour jansénisme, à l'instigation des jésuites : c'est l'histoire abrégée d'un de ces écclésiastiques, homme éminent par son savoir et par son influence, et l'un des plus acharnés dans cette lutte théologique ; elle est tirée du rapport fait par le secrétaire de la commission, le président Roland, *qui aurait bien voulu, dit-il, laisser dans l'oubli de pareilles horreurs, mais que les ordres de messieurs du parlement forçaient de reproduire.*

Antoine Blache naquit le 28 août 1635, à Grenoble, d'une famille roturière, dont il était l'aîné.

Il embrassa d'abord la carrière des armes, mais se sentant peu de goût pour la caserne, il entra dans les ordres. L'abbé Blache se fit remarquer par son intelligence et devint en peu de temps un théologien fort savant; il s'occupa de plusieurs autres sciences telles que la géométrie et l'astrologie, et se livra même à la fabrication des télescopes.

En 1670, M. de Péréfixe, archevêque de Paris, l'attacha comme confesseur au couvent des dames du Calvaire, et en 1675 lui donna la cure de Rueil, près Paris.

A la suite de la recommandation du roi, le clergé de la province de Grenoble le délégua comme son représentant de second ordre à l'assemblée tenue à Paris en 1685.

Le père La Chaise, confesseur du roi, voyait avec peine des ecclésiastiques autres que ceux de la Compagnie de Jésus attirer sur eux l'attention du souverain. Blache lui portait ombrage, tant par ses vertus que par son talent.

M. de Harlay ayant succédé à l'archevêque de Péréfixe, le père La Chaise profita de l'amitié qui l'unissait à ce prélat pour l'engager à démontrer au roi l'ambition de cet abbé cherchant a ressusciter les questions théologiques du jansénisme et du molinisme. Une lettre de cachet fut la conséquence de cette honteuse démarche, et le 15 décembre 1694 les portes de St-Lazare se fermaient sur l'abbé Blache, sans égard pour son âge (59 ans) ni pour ses vertus.

Le premier soin de M. de Noailles, en succédant à M. de Harlay, fut d'obtenir l'élargissement de cette victime des jésuites.

L'abbé Blache entra au collège de Damville, où il écrivit l'histoire de sa vie, avec des considérations sur la lutte des jansénistes et des molinistes, en fit plusieurs manuscrits dont quelques-uns furent envoyés à l'étranger chez des personnes sûres, après quoi il se retira, le 1er mars 1703, au couvent des Jacobins du faubourg Saint-Germain.

Il avait alors 68 ans et espérait attendre tranquillement la mort, mais il avait compté sans la haine de ses implacables ennemis. Le père La Chaise ayant découvert la retraite du vieux janséniste, menaça les jacobins de sa vengeance s'ils le conservaient plus longtemps dans leur cloître. Ce jésuite, confesseur du roi et ami de la Maintenon, était si redouté que les Jacobins déclarèrent au malheureux abbé qu'ils ne pouvaient lui donner asile, à moins qu'il n'obtînt la permission du roi. Un placet de l'abbé Blache, présenté par l'archevêque de Paris, M. de Noailles, fut couronné d'un plein succès. Le roi disait *que cet abbé pouvait rester tranquille dans ce couvent et prier Dieu pour lui avec ces bons religieux.* Malgré cette haute protection, et toujours par les menaces et sur l'instigation du père La Chaise, les Jacobins prièrent Blache de quitter leur maison.

Il entra au collége de Justice, rue de la Harpe, et y resta cinq ans, pendant lesquels il lia des relations avec des personnes considérables.

A la mort du père La Chaise, arrivée le 20 février 1709, le vieux janséniste reprit courage, et le mois suivant, il fait imprimer une lettre adressée à Mme de Maintenon avec un placet au roi contre les jésuites qui, disait-il, doivent être bannis du royaume pour le même fait qui les fit bannir par arrêt du Parlement de Paris, le 29 décembre 1594, à la suite de la tentative

d'assassinat sur Henri IV par Jean Châtel.
Dans cette lettre, l'abbé Blache rappelait
les sentiments et opinions des jésuites sur
le régicide.

, Une nouvelle lettre à cette dame la sup-
pliait d'empêcher le père Letellier, qui
venait d'être nommé confesseur du roi, de
mettre en usage l'unique défense que les
jésuites emploient quand on leur fait quelques justes reproches sur leurs excès, fon-
dés sur les principes de leur morale relâ-
chée.

« Le père La Chaise, dit-il dans cette
lettre et dans ses écrits, avait deux moyens
de donner l'exclusion à qui il lui plaisait
et sans que le roi puisse jamais s'en aper-
cevoir. Le premier était de se servir de ce
qu'il appelait *son noir à noircir les gens.*
c'est-à-dire de faire passer qui que ce soit
pour janséuiste aux yeux du roi, et c'est
avec un tel noir qu'il noircissait les gens,
qui lui déplaisaient et notamment un très-
grand nombre de très-savants, de très-
pieux et de très-orthodoxes écclésiastiques. »

Mme de Maintenon répondit que les
temps étaient trop tristes pour parler de
cette affaire au roi et laissa à son confesseur le temps de remettre en œuvre les
moyens du père Lachaise.

Le 16 avril suivant, le père Le Tellier

obtient une nouvelle lettre de cachet contre l'abbé Blache, qui cette fois fut conduit à la Bastille.

Des amis puissants intervinrent en faveur du malheureux abbé ; leurs démarches ne servirent qu'à irriter ses persécuteurs, qui finirent par démontrer au roi que cet abbé était atteint d'aliénation mentale et qu'il fallat le transférer à Charenton ; ce soin fut dévolu au lieutenant de police Voyer d'Argenson.

Du fond de sa cellule, Blache trouve le moyen de faire parvenir des lettres au roi, à Mme de Maintenon et à M. d'Argenson, il écrit aussi à ses amis ; dans cette correspondance respire un esprit sain, un style élevé qui ne peut être l'affaire d'un fou.

Le roi n'accorde rien; je me trompe, un ordre est transmis pour faire incarcérer à la Bastille l'homme qui trouble la quiétude de ses ennemis et qui les démasque.

La santé de ce vieillard résista pendant près de six ans à cet odieux régime ; enfin, le 25 février 1714, l'abbé Blache demande à faire son testament ; le gouverneur introduit dans la chambre du mourant deux notaires qui le rédigent en présence du gouverneur resté seul et qui le signe, l'abbé ne peut signer à cause de sa grande faiblesse.

Ce document constate qu'il était au

secret le plus absolu ; après tous les frais de sa détention payés, il restait à l'Hôtel-Dieu, légataire universel, la somme de 3,717 livres 11 sols et un peu d'argenterie évaluée à 120 livres.

Antoine Blache mourut le 29 janvier, à l'âge de 78 ans, et fut inhumé dans le cimetière de l'église St-Paul.

L'abbé Blache était un des hommes les plus remarquables parmi les partisans des idées de Port-Royal ; il avait, disait de Harlay, *l'esprit d'un démon*, et son successeur de Noailles disait à son tour : *Il a la vertu d'un saint*.

Les jésuites, tout-puissants à la fin du règne de Louis XIV, gouvernaient à leur gré l'Eglise de France ; ils obtenaient du roi, par l'intermédiaire de La Maintenon, toutes les faveurs qu'ils sollicitaient.

L'abbé Blache fut une de leurs victimes, on peut dire qu'il mourut martyr de sa sa foi et de son zèle pour sa religion.

Malheur à tout prêtre ou laïque qui s'élevait contre la Compagnie de Jésus à cette époque! Mais tirons le rideau sur les faits odieux de ce triste temps, et félicitons-nous d'avoir vu le jour au milieu du XIXe siècle et d'être à l'abri pour toujours des machinations des hommes pour qui la religion est un prétexte et la domination le but.

La fin du règne du vieux roi est une des pages les plus odieuses de l'histoire de France. Après la mort du grand Colbert, la décadence du royaume marche à grands pas ; un despotisme persécuteur et bigot, puis sanguinaire et féroce, ne fit plus de ce roi qu'un bourreau et un spoliateur : Persécuteur des jansénistes, il les livre à la merci des jésuites ; bourreau, il fait les dragonnades des Cévennes contre les Calvinistes et oblige près d'un million de religionnaires à quitter la France ; spoliateur, il confisque les biens de ceux que les sabres des dragons ne peuvent convertir.

Ce roi, si grand au milieu de son règne par son faste et son pouvoir absolu, qui disait l'*Etat c'est moi*, ce roi qui invitait Molière à sa table, et dont le siècle fourmille de grands hommes ; ce roi que de jeunes et belles maîtresses, tirées des plus grandes familles de la noblesse, n'avaient point gouverné : eh ! bien ce roi, sur ses vieux jours, devint le jouet d'une vieille femme, sa maîtresse, qu'on lui fit épouser, et d'un jésuite, qui le déshonorèrent aux yeux de l'Europe et de la postérité.

Tel fut le résultat de la politique des jésuites en France, à la fin du XVII° siècle jusqu'en 1715, lors de l'avènement du duc d'Orléans, comme régent du royaume à la mort de Louis XIV.

V

JACQUES FABRE

Les lettres de cachet délivrées n'étaient pas toujours mises à exécution, il arrivait quelquefois que les protecteurs de l'opprimé étaient aussi puissants que ceux qui demandaient son incarcération, ou bien les faits avaient si peu d'importance que l'on n'osait priver de sa liberté un homme dont la position sociale était bien établie; dans ce cas, le subdélégué du diocèse en référait à l'intendant de la province qui, à son tour, prenait les ordres du ministre.

L'on verra par les faits suivants si le régime pratiqué avant 1789 mérite le moindre secret. L'on ne saurait trop, en outre, dévoiler tous les abus qui existaient dans cette monarchie du droit divin, dont les royalistes, retour de l'étranger en 1815, cherchèrent pendant quinze ans à rétablir en France les prérogatives, mais qui, fort heureusement pour le pays, sombra en 1830, à la suite des tentatives faites par le roi Charles X pour le rétablissement du pouvoir absolu.

Dans un volumineux dossier, relatif à une information au sujet d'une demande d'une lettre de cachet, l'on y trouve la suivante :

« De par le roi,

» Il est ordonné de s'assurer du nommé Jean Fabre(1), demeurant à Pézenas, et de le conduire dans le fort de Brescou; de ce faire, Sa Majesté donne pouvoir et commission audit.............. par le présent ordre.

» Fait à Fontainebleau le XVIIᵉ jour de novembre 1738.

» *Signé :* LOUIS »

Cette lettre était suivie d'un ordre du roi au gouverneur du fort de Brescou, ainsi conçu :

« M. le chevalier de Monteyon ayant fait expédier mes ordres pour faire conduire le nommé Jean Fabre dans mon fort de Brescou, où sa pension sera payée par son bien, je vous fais cette lettre pour vous dire de l'y recevoir et garder jusqu'à nouvel ordre de ma part ; sur ce je prie Dieu qu'ils vous ait, M. le chevalier de Monteyon, en sa sainte garde.

» Écrit à Fontainebleau le XVIIᵉ jour de novembre 1738.

» *Signé :* LOUIS »

En envoyant ces deux ordres à l'intendant du Languedoc, le ministre, M. de Saint-Florentin, l'invitait à s'informer des

(1) Jacques Fabre est plusieurs fois désigné sous le prénom de Jean dans les actes qui le concernent.

faits exposés par le plaignant, et, s'ils
étaient vrais, de faire arrêter cet homme
et le faire conduire au fort de Brescou
et, *cependant, de lui mander ce qu'il en
aura appris.*

Pour quelles raisons avait-on demandé
au ministre l'arrestation immédiate du
nommé Jean Fabre, au lieu de le traduire
devant le tribunal du châtelain de Pézenas ou du viguier de Béziers ? La lettre
adressée au ministre par M. de X... et la
correspondance qui en fut la suite, dé-
montreront la futilité des motifs invoqués,
insuffisants pour obtenir une condamnation en justice, mais plus que suffisants
pour l'obtention d'une lettre de cachet, qui
supprimait sans débat la liberté d'un
homme et donnait satisfaction aux ran-
cunes d'un individu.

La lettre de M. de X... contient des détails très intéressants sur les mœurs du
XVIIIᵉ siècle et sur les prétentions de la
noblesse vis-à-vis de la bourgeoisie ;
c'est à ce titre que nous en détachons les
principaux passages.....

« ... Il s'agit d'un paysan du lieu de Roujan, qui s'étant fait marchand de laines est
venu s'établir à Pézenas, il s'appelle Jacques Fabre ; cet homme, oubliant son
état, s'est porté jusqu'à cette extrémité de
calomnier mon fils dans le public sans
raison et d'une manière qui crie vengeance et mérite un châtiment exemplaire,

mon fils est un jeune homme de naissance et qui est officier et incapable de souffrir une pareille calomnie qui blesse sa réputation et son honneur qui lui est plus cher que la vie.

» Depuis qu'il a *sçu* du public le discours qu'a tenu de lui ce Jacques Fabre, je fais tout au monde pour le retenir et à me servir de mon pouvoir paternel pour l'empêcher de se porter aux dernières extrémités contre ce calomniateur et je crains fort de n'en être pas toujours maître.

» Jugez, monseigneur, de ma situation de voir mon sang calomnié, auquel on veut ôter l'honneur et mon propre fils dans le dernier désespoir, voulant tout sacrifier pour en tirer une vengance proportionnée à la calomnie et à celui qui l'a faite ; si je porte mes plaintes en justice contre Jacques Fabre, je ne serai plus maître de mon fils, qui croira par là son honneur et sa délicatesse blessés.

» Ayez la généreuse bonté, monseigneur, d'avoir égard à ma situation, qui est bien déplorable....

» Si Jean Fabre n'est point châtié de sa calomnie, il n'y a plus de subordination et tous les états seront confondus dès qu'on sera exposé d'être calomnié par la moindre personne, ce qui arrive fréquemment en ce païs.....

» Cependant, monseigneur, dans ma

vive et triste situation, je n'y vois qu'un seul remède pour éviter toutes suites funestes et pour lequel je viens implorer votre protection ; comme la chose presse et que les moments sont chers, ce serait, monseigneur, de m'accorder une lettre de cachet pour faire arrêter et mètre en sûreté au fort de Brescou le nommé Jacques Fabre, pour le châtier comme il le mérite et l'ôter par là des yeux de mon fils et des occasions de pouvoir se venger.

« DE X... »

Il résulte de la correspondance à laquelle donna lieu cette affaire que du moment que M. de X... déclarait les faits vrais, il n'y avait pas lieu de douter de sa parole ; il ne s'agissait que de connaître la gravité des calomnies, afin de proportionner la punition au caractère de l'offense.

M. de X..., consulté, répond par une lettre du 24 décembre 1738 que Jean Fabre s'est permis de dire que son fils avait reçu des coups de bâton, fait mensonger et qui jetait la déconsidération sur sa famille.

Dans une nouvelle lettre du 31 décembre, M. de X... termine ainsi : « Je n'aurais pas eu le chagrin causé par la crainte continuelle où j'étais que mon fils ne se fît justice lui-même, ce qui m'a obligé de m'éloigner d'ici pour un temps, afin de lui éviter les occasions de se porter à aucune extrémité.

» J'ai eu l'honneur, par ma dernière, de vous instruire des détails de la calomnie dudit Fabre contre mon fils et vous avez vu par là combien il est de conséquence que ce calomniateur soit châtié ; j'ose prendre la liberté de vous le demander en grâce. Quelque séjour de prison à Brescou le rendra plus sage et plus circonspect ; cela servira même d'exemple pour les autres ; vous éviterez par cette satisfaction les suites du juste ressentiment de mon fils et vous calmerez une famille entière et un père qui met toute son espérance en votre protection et généreuse bonté. »

Malgré les supplications de M. de X..., l'intendant ne voulut jamais consentir à faire arrêter le sieur Fabre sans au préalable qu'une instruction eût relevé les faits imputés à ce dernier, et il écrit en conséquence, le 10 janvier 1739, à M. Boudoul : « ..... Vous jugez à propos d'établir la preuve des calomnies par une information, M. de X... se fait quelque peine que vous preniez cette voie, parce qu'il craint qu'il ne reste dans les registres quelques vestiges des calomnies qui pourraient donner de mauvaises idées de ce qu'il n'y serait pas fait, en même temps, mention de la punition du calomniateur, je connais bien pourtant que si vous avez effectivement projeté d'entendre des dépositions, ce ne sera que sous forme d'enquête intime dont l'original me sera envoyé et dont il ne restera aucune minute dans votre greffe ni dans aucun autre dépôt public, et je le mande à M. de X..., etc..... »

En effet, le 24 janvier 1739, l'intendant écrit à ce dernier :

« Les discours calomnieux dont votre fils accuse le nommé Fabre n'ayant point été portés devant les maréchaux de France et n'y ayant d'ailleurs aucune plainte en forme, on ne peut pas dire absolument que l'aveu de l'offensé doit tenir lieu de preuve.

» Je ne doute pas toutefois de la réalité de l'offense, et votre seul témoignage me suffirait ; mais comme je ne suis point juge naturel dans des affaires de cette nature et que je n'ai connaissance de celle dont il s'agit que par le renvoi que M. le comte de Saint-Florentin m'a fait d'une lettre que vous aviez écrite, je suis abstreint à des formalités sur lesquelles il ne m'est pas permis de passer etc. »

D'où venait cette protection tacite accordée au sieur Jacques Fabre contre la dénonciation de M. X... ? Les lettres de M. Boudoul, subdélégué à Pézénas, et qui terminaient cette affaire, nous en ont donné la clef; il en résulte que M. Jacques Fabre niait avoir tenu ce propos; aucun témoignage ne s'élevait contre lui, la seule pièce de l'information était une lettre de M. de Sartres, seigneur de Neffiès, ami de M. de X..., dans laquelle il demandait à l'intendant sa protection en faveur de ce dernier, mais déclarait ne pas avoir entendu ce propos.

« La détention, disait M. Boudoul, porterait un notable préjudice au nommé Fabre et encore faudrait-il lui prouver qu'il est coupable. C'est une loi, ajoutait-il, établie par Dieu lui-même que le témoignage de deux ou trois témoins doit décider. »

Ainsi, pour une affaire d'amour-propre poussé à l'excès, l'on demandait et l'on obtenait du roi une lettre de cachet, qui heureusement n'avait pas de suites, contre un homme des plus honorables du pays et pour un motif des plus futiles.

Un jeune officier dont la famille possédait un domaine dans les environs de Roujan ayant voulu molester quelques paysans qui s'étaient refusés de le saluer, fut maltraité par ces derniers, qui lui administrèrent, en outre, des coups de bâton.

La famille, informée que l'on causait dans Roujan de cette affaire et voulant empêcher que ce bruit ne prit de la consistance et ne porta préjudice à l'honneur de ce jeune officier, avait fait savoir dans le pays que ces faits étaient calomnieux.

En outre le sieur Jacques Fabre, tout paysan que M. de X... le traitait, était un riche négociant en laines, en eaux-de-vie et en grains de Pézénas. Il était associé avec M. Marguerit aux équivalents et aux étapes de la province; le sieur Jacques Fabre était avocat en parlement, son père était bailli royal de Roujan depuis 1695 (44 ans.)

Cet homme, sans la protection du subdélégué de Pézénas et de M. Marguerit, un des syndics de la province, aurait été arraché à sa famille, et à ses ocupations par ce qu'un jeune officier de 16 ans s'étant permis quelques insolences envers des paysans, en avait été rudement châtié, et que raconter un pareil fait passait pour une odieuse calomnie envers un noble.

Cette affaire n'était qu'un prétexte pour faire enfermer Jacques Fabre et l'empêcher par ce moyen d'engager les communes à plaider contre les empiètements des moines de Cassan au sujets des tailles que ce monastère se refusait de payer aux communes, protestant que ses biens étaient nobles, prétention fausse, comme venait de le démontrer le procès entre Roujan et le Prieuré de Cassan, et dont le jugement, rendu par la cour des aides de Montpellier, condamnait les moines à payer vingt-neuf années de tailles arriérées.

La famille de M. X... n'existe plus, il n'y a que des collatéraux, c'est le motif qui nous a déterminé à ne pas faire connaître ce nom.

Quant à celle de M. Jacques Fabre, ses

descendants habitent Roujan, et les piè-
ces de cette affaire étant tombées entre les
mains d'un arrière petit-fils de ce dernier,
il a été heureux d'en donner un résumé
succinct.

VI

CONSIDÉRATIONS GÉNÉRALES

Il y avait en France une vingtaine de
châteaux ou forts destinés à recevoir les
personnes incarcérées à la suite de Lettres de Cachet.

En première ligne la Bastille et Vincen-
nes, à Paris ; Pierre-Encise, à Lyon ; le
Mont-St-Michel, en Normandie ; le château du Taureau, en Bretagne ; celui de
Saumur, en Anjou ; celui de Ham, en Pi-
cardie ; Pignerols, en Savoie ; les îles St-
Marguerite et le château d'If, en Pro-
vence ; le fort de Brescou, en Languedoc,
et plusieurs autres de moindre importance.

Chaque prison d'Etat (tel était le nom
donné à ces sépulcres vivants) avait un
état-major d'officiers plus ou moins consi-

dérable, selon l'importance du château ou du fort ; et, chose digne de remarque, le fait de la nomination à un de ces emplois équivalait à l'honneur d'être fait chevalier de St-Louis, lors même que l'officier y nommé n'y eût aucun droit pour services rendus.

Nous en avons trouvé la raison dans la nomination d'un gouverneur de la Bastille accompagnée d'un brevet de chevalier de St-Louis, dans les considérants duquel il est dit que les officiers de l'état-major des prisons d'Etat, devant toujours se présenter en costume devant les prisonniers, doivent avoir un extérieur imposant, et que la croix de St-Louis rehausse le prestige desdits officiers, délégués de l'autorité royale.

Les prisonniers recevaient trois fois par jour la visite des gardiens, à 7 heures et à 11 heures du matin pour le déjeûner et le dîner, et à 6 heures du soir pour le souper. Cette visite consistait à déposer la nourriture dans la cellule et à emporter les ustensiles du repas précédent.

Chaque prisonnier d'Etat ou sa famille était tenu de verser entre les mains du gouverneur le montant de son entretien, qui, suivant son rang et sa qualité, était taxé par jour :

Un homme de bas-étage , artisan au dessous de la qualité de bourgeois, un écu : 3 livres ;

Un bourgeois, un avocat, un procureur, un médecin, un simple officier, cent sols; 5 livres;

Un prêtre, un financier, un juge de moyenne justice ou un équivalent, un officier supérieur : 10 livres;

Un général des armées ou un équivalent : 24 livres;

Un maréchal de France, un dignitaire, etc., 36 livres.

Il n'y avait ni économes ni trésoriers dans ces prisons. Les gouverneurs avaient la haute direction sur le régime intérieur, ne rendaient de comptes à personne, ils étaient en un mot les pourvoyeurs et les cambusiers des prisonniers; ceux de la Bastille et autres châteaux où l'on recevait des hommes de marque y arrondissaient leurs fortunes aux dépens des malheureux qu'ils avaient sous leur garde.

Nous n'entrerons pas plus avant dans le régime intérieur de ces prisons, ce serait s'écarter de notre sujet.

Nous avons vu le déplorable abus que l'on faisait des Lettres de Cachet sous le cardinal de Fleury; créées dès le principe pour des raisons d'Etat, lorsqu'il s'agissait d'arrêter immédiatement ceux que l'on croyait capables de bouleverser les institutions du royaume, les Lettres de Cachet, pendant le XVIIIme siècle, servirent à faire arrêter ceux que le caprice du premier venu voulait faire disparaître sans avoir recours à la justice.

Nous citerons quelques faits pris dans plusieurs classes de la société.

Un prince, dont la femme avait attiré la vue du roi, n'évita la Bastille que par la fuite.

Un Condé, Henri de Bourbon, avait épousé Charlotte de Montmorency, fille du connétable Anne de Montmorency.

Le roi Henri IV, malgré sa vieillesse, s'était amouraché de cette princesse et, afin de l'attirer à la cour, avait été le promoteur de ce mariage, espérant que le jeune Condé, dissipé et avare, pourrait être aveuglé avec des plaisirs et de l'argent sur la conduite de sa femme.

La passion du roi, aussi scandaleuse que ridicule, était connue des courtisans, et le prince de Condé, se méfiant des embûches galantes que son oncle Henri IV pourrait tendre à sa femme, amena celle-ci en Belgique.

Un conseil de ministres fut tenu pour trouver le moyen de punir Henri de Bourbon d'avoir osé contrarier les amours du vieux roi.

Après plusieurs propositions mises en avant par les ministres, et trouvées insuffisantes, le duc de Sully, interrogé, se contenta de dire au roi : « *Si vous m'a-* » *viez laissé faire il y a trois mois, j'au-*

» *rais mis votre homme à la Bastille et*
» *je vous en aurais bien répondu.* »

Ainsi, celui qui tenait ce langage était
un des ministres les plus intègres que la
France ait eu : celui contre qui il le tenait était un Condé, premier prince du
sang, premier pair de France, etc., etc.,
neveu du roi, et le crime était d'avoir une
femme dont le roi Henry disait « sous le
» ciel de France il n'y a rien de si beau,
» ni de meilleure grâce, ni de plus par-
» fait » et dont il voulait faire sa maîtresse, sans égard pour la parenté et l'honneur des Montmurency.

Après de pareils actes, l'on doit juger
du service que rendirent aux rois libertins
et à leur favoris les lettres de cachets ; du
reste la noblesse n'imita pas le prince de
Condé, les plus grandes familles de France regardèrent comme un honneur de
laisser leurs femmes et leurs filles se
prostituer dans les couches royales.

Après le prince, le bourgeois ; un sieur
de Bure, libraire distingué de Paris, dont
la famille exerçait le commerce de la librairie depuis plus d'un siècle, s'était
élevé contre l'ordonnance qui soumettait
les livres à l'estampille royale ; l'opposi-
tion de Bure avait été suivie par tous ses
confrères en librairie, qui voyaient dans
cette mesure de l'estampillage la ruine de
plusieurs familles et de la communauté
des libraires.

Que fait alors le ministre ? Il désigne de Bure comme directeur de ce service et grand estampilleur de France ; cet honnête homme refuse dignement un pareil honneur ; on lui répète deux fois, trois fois l'ordre d'accepter. Il a beau protester et se défendre contre une si odieuse menace, rien n'y fait ; il faut accepter ou être enfermé à la Bastille, tel est l'ordre du roi. « Le roi, répond-il, peut faire arrêter un homme, mais il n'a pas le droit de le forcer à se déshonorer aux yeux de ses confrères. »

Une lettre de cachet va le prendre au grand jour au milieu des siens, et des exempts le conduisent à la Bastille comme criminel d'Etat.

Le fort Brescou, près de la ville d'Agde, servait de lieu de détention, non-seulement aux criminels d'Etat, mais aussi aux fils de famille que l'on voulait punir.

La lettre suivante, écrite au gouverneur de ce fort par un officier sous ses ordres, donne les raisons qui ont motivé l'arrestation d'un jeune prisonnier qu'on venait de lui amener.

Au fort de Brescou, ce 29e May 1754.

Monsieur,

J'ay l'honneur de vous envoïer copie de l'ordre du roy en vertu duquel on m'a remis entre les mains le sieur Bonal fils, ce jourd'hui :

« Mons le chevalier de Montesson ayant fait

expédier mes ordres pour faire conduire le
sieur Bonal de Laure fils dans mon fort de
Brescou, où sa pension sera payée par son
père, je vous fais cette lettre pour vous dire de
l'y recevoir et garder jusqu'à nouvel ordre de
ma part, et je prie Dieu qu'il vous ait, Mons le
chevalier de Montesson en sa sainte garde.

» Ecrit à Versailles le 2ᵉ mars 1754.

» *Signé :* LOUIS.

» *Plus bas :* PHELIPPEAUX. »

Je joins icy une lettre du père de ce prisonnier, il est clair, par ce que son père en marque,
et par tout ce que l'exempt m'a témoigné, que
cecy est peu de chose, n'ayant été conduit que
pour quelqu'affaire galante dont l'intendant a
pris connaissance sur la réquisition des demoi-
selles qui se sont plaint.

Permettez, monsieur, que je profite de cette
occasion pour vous assurer du respectueux
attachement avec lequel j'ai l'honneur d'être.

Monsieur,

Votre très-humble et très-obéissant serviteur

DESHAYES.

La liste des fils de famille enfermés dans
ce fort serait longue à donner, nous nous
contenterons de citer quelques noms :

M. de Rousset, directeur du canal des
deux mers, obtient une lettre de cachet
pour faire enfermer son fils aîné, à cause
de sa mauvaise conduite.

M. Montaigut de Bassan et M. Bonniol,

médecin à Valros, en obtiennent contre leurs fils pour les mêmes raisons.

M. Ollivier, propriétaire d'une manufacture de faïence de Montpellier, fait enfermer le sien pour son libertinage et ses égarements.

Le fils Tournefort refuse d'entrer dans un couvent, son père obtient une lettre de cachet pour le fort de Brescou, d'où il ne sortira que lorsqu'il aura fait profession de l'état religieux.

Pour des infractions plus légères à l'autorité paternelle ou aux puissants du jour, la peine était plus douce, ce qui résulte des faits suivants :

Les nommés Veyrarac, père et fils, sont enfermés dans la citadelle de Montpellier, à la suite d'une lettre de cachet délivrée par le lieutenant général commandant en chef dans la province du Languedoc.

Il y est dit qu'ils ne seront mis en liberté que le jour où ils auront imploré le pardon du président, M. La Chaise, qu'ils avaient offensé. Les deux Veyrarac refusèrent de se soumettre à cette humiliation, se prétendant, au contraire, insultés par ce seigneur.

De Trémolet de Lunéval, sur l'ordre de son père, président de la cour des aides de Montpellier, est enfermé dans la citadelle de Nîmes pour sa conduite légère.

Plusieurs jeunes gens sont enfermés

dans cette citadelle pour s'être introduits pendant la nuit dans le petit couvent de cette ville, malgré la connivence qu'ils ont trouvée dans cet établissement.

La détention du plus grand nombre des jeunes gens, fils de famille, était due aux liaisons qu'ils entretenaient avec des filles du peuple. Une lettre de cachet mettait fin à cet état de choses.

La nommée Catherine Ricard, fille d'un maître maçon de Montpellier, est enfermée dans le couvent des repenties de cette ville pour avoir suborné le fils de Manse, trésorier de France.

Celui-ci est incarcéré au fort de Brescou et conduit plus tard au château de Pierre-Encise, à Lyon, comme étant atteint d'aliénation mentale.

Tous les faits que nous venons d'énumérer suffisent pour démontrer quelle arme dangereuse était une lettre de cachet entre les mains de certains hommes, contre la liberté des personnes et la tranquillité des familles.

Relativement aux prisonniers d'Etat, le secret le plus absolu était gardé sur le lieu de leur détention ; l'on avait beau interroger les officiers des forts où l'on présumait qu'ils se trouvaient, ils étaient muets comme des employés du sérail, et le plus souvent répondaient avec assurance que celui en faveur duquel l'on s'intéressait ne se trouvait pas sous leurs ordres.

Quel était le but que l'on se proposait en faisant disparaître sans jugement les hommes dont les opinions religieuses et politiques se trouvaient en contradicton avec la religion des dragonnades et la politique de la Pompadour? Eviter les disputes théologiques et philosophiques, afin de retarder l'affranchissement de l'esprit humain et préparer en France la domination du clergé.

Les lettres de cachet furent le *nec plus ultrà* du règne de Louis XV contre les hardis novateurs; mais rien ne put arrêter l'élan des hommes indépendants et des écrivains, qui se firent une gloire de décrire les abus, de détruire les erreurs et de populariser la science.

Tout concourut alors à l'émancipation de l'esprit humain ; des écrits sortirent de toutes parts, dans lesquels l'on demandait compte aux rois et aux nobles de leur origine, et à quel titre et de quel droit ils commandaient ; ce fut le prélude de cette grande émancipation politique faite au nom de la liberté individuelle dont la révolution de 1789 fut le couronnement.

La cour répondait par des lettres de cachet, et le roi Louis XV laissa faire.

Ce roi débauché et dévot, passant des orgies du Parc-aux-Cerfs aux momeries de la sacristie, avait abandonné les rennes du gouvernement à sa favorite.

La Pompadour, que le roi de Prusse avait surnommé Cotillon Ier, était le véritable premier ministre de son royal amant.

Les nobles, si orgueilleux de leurs titres et de leur origine, prostituèrent leurs hommages au pied de cette courtisane et en recherchèrent les faveurs.

Les magistrats traînèrent leur simarre dans les antichambres de cette maîtresse du roi.

Les dignitaires du clergé, au lieu de tonner dans leurs chaires contre de pareils faits, mendièrent des prieurés, des abbayes et des évèchés.

Tous sollicitèrent des faveurs, et elles leur furent libéralement accordées.

Malgré cette avalanche de lettres de cachet, dont le nombre est incalculable et que l'on pourrait évaluer à plus de cent mille sous ce triste règne, malgré toutes les ordonnances royales et principalement la déclaration du 16 avril 1757, défendant sous peine de mort de composer, imprimer ou débiter aucun écrit contre la religion et l'autorité royale, la France était inondée d'écrits venus de la Hollande, qui mettaient à nu les vices de la société et les abus de la noblesse et du clergé et confondaient dans le même anathème la religion et la royauté.

Un exemple était nécessaire, disait-on

en haut lieu, pour relever le prestige des grands pouvoirs de l'Etat.

Quelques jeunes enfants furent accusés d'avoir jeté des pierres contre une croix placée sur le pont d'Abbeville; le parlement évoqua l'affaire et condamna ces jeunes enfants à subir la torture ordinaire et extraordinaire, à avoir le poing coupé, la langue arrachée avec des tenailles et à être brûlés à petit feu,

Un d'eux, le jeune chevalier de Labarre, fut exécuté comme le portait l'arrêt, mais l'horreur de ce supplice fut si vive à Paris que le parlement, qui avait été contraint par la cour et le clergé à prononcer cette sentence, fut forcé, par l'opinion publique indignée, d'abandonner la poursuite de cette affaire. Les autres pauvres innocents évitèrent cet horrible supplice.

Tous ces faits ne furent que les conséquences des lettres de cachet; ils démontraient au peuple la faiblesse, l'immoralité et le fanatisme d'un pouvoir arbitraire et despotique.

C'est cette lutte qui réussit à créer en France une puissance inconnue jusqu'à-lors, l'opinion publique, avec laquelle compteront à l'avenir tous les gouvernements.

Terminons cet aperçu historique par une dernière citation empruntée à plusieurs historiens : « Les lettres de cachet mettaient la liberté individuelle à la discrétion des ministres ; multipliées d'une manière effrayante , elles livraient la liberté des citoyens à la merci des riches et des puissants qui avaient une passion à assouvir, une vengeance à satisfaire.

Pouvait-il en être autrement dans un pays ou le roi prévoyant que quelque terrible expiation approchait, s'en consolait en disant : « Ceci durera bien autant que moi, mon successeur s'en tirera comme il pourra » et sa favorite , Madame de Pompadour répondait avec lui :

« Après nous le déluge ! »

PAUL FABRE

FIN

Béziers. — Imprimerie J.-B. PERDRAUT, Avenue Saint-Pierre, 17

Table des Matières

www.ingramcontent.com/pod-product-compliance
Lightning Source LLC
Chambersburg PA
CBHW061652180626
46818CB00003B/1069